Le collège des sorcières

Loi n° 49-956 du 16 juillet 1949
sur les publications destinées à la jeunesse :
janvier 2007.

Série adaptée par Vincent Chalvon-Demersay,
David Michel et Stéphane Berry,
basée sur la bande dessinée originale
« Martin Mystère » de Alfredo Castelli.
Tous droits réservés.

© 2006, Marathon Animation
- M6 - Rai - Canal J - Mystery Animation Inc

www.martinmystere.com

© 2007, Éditions Pocket Jeunesse,
département d'Univers Poche, pour l'adaptation et la présente édition.

ISBN : 978-2-266-16744-4

Le collège des sorcières

Gilles Legardinier
**d'après un scénario
de Scott Kraft**

Direction opérationelle du centre

FICHES D'IDENTIFICATION CONFIDENTIELLES

AGENTS SPÉCIAUX
AFFECTÉS AUX AFFAIRES PARANORMALES

MARTIN

Jeune, sportif, Martin est toujours prêt pour l'aventure et l'action. Il est irrésistiblement attiré par tout ce qui est étrange et de préférence gluant, ce qui dégoûte sa sœur! Agent spécial volontaire, il remplit les missions les plus incroyables, affrontant aliens de tous poils et créatures diaboliques.

Commentaire de Mom, directrice du Centre: «Garçon plein de charme mais dont les idées tordues peuvent aussi bien sauver le monde que provoquer des dégâts très coûteux.»

CONFIDENTIEL

DIANA

Contrairement à Martin, son demi-frère, Diana est studieuse, sérieuse, ponctuelle et raisonnable. Elle est connue pour ses remarquables qualités intellectuelles. Par contre, lorsqu'il s'agit de passer à l'action, elle n'est plus aussi douée… Avec son grand frère, elle fait des étincelles, dans tous les sens du terme.

Commentaire de Mom, directrice du Centre : « Jeune fille séduisante et intelligente, qui ne supporte pas les blagues de son frère. »

CONFIDENTIEL

Java

Fidèle complice de Martin et Diana, Java est un homme de l'âge de pierre ramené d'une mission transdimensionnelle.
Remarquablement en forme malgré ses vingt mille ans, il leur prête son incroyable force physique dans les missions les plus dangereuses. Plutôt craintif, il lui arrive de se comporter comme un enfant de quatre ans...

CONFIDENTIEL

MOM

Cette femme aussi belle que mystérieuse est la directrice du Centre et supervise d'une main de fer toutes les enquêtes paranormales secrètes à travers le monde. Elle a un faible pour les inventions révolutionnaires et pour son agent le plus délirant et le plus doué, Martin Mystère !

CONFIDENTIEL

Billy

Ce petit extraterrestre qui ne se déplace qu'à bord de sa mini-soucoupe volante est l'assistant personnel de Mom. Il rêve d'avoir autant de succès que Martin avec les filles et autant de courage dans les missions. Même s'il a peur de tout, on peut toujours compter sur Billy pour donner la bonne information au bon moment…

CONFIDENTIEL

chapitre 1

Dans les sombres sous-sols du vieux collège, trois jeunes filles étaient réunies en secret pour une séance de magie noire.
— C'est la nuit la plus excitante de ma vie ! s'exclama Katia en posant un vieux grimoire sur le sol, près d'une bougie à la flamme vacillante.
Isabelle traça un grand cercle autour d'elles et, comme l'indiquait le texte ancien,

elle dessina des triangles dans les quatre directions cardinales. Elle ajouta enfin les signes runiques mentionnés. L'unique flamme projetait leurs ombres sur le bric-à-brac de cette vaste cave où personne ne mettait jamais les pieds. Il flottait comme un parfum de mystère et de sortilège…

– Je ne sais pas si ça marchera, commenta Zowie, mais ce que nous allons faire va sûrement beaucoup changer les choses dans ce collège !

– Nous le saurons vite, répondit Katia. Asseyez-vous autour du livre.

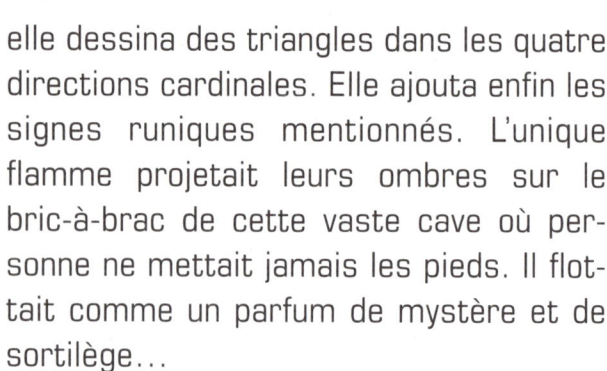

Isabelle et Zowie prirent place face à Katia, qui commença à lire les pages jaunies par les siècles :

– J'invoque les forces maléfiques qui hantent ces lieux…

Elle leva les mains au ciel :
– Que les esprits immémoriaux surgissent des entrailles de la terre, qu'ils reprennent leur place et nous aident à dominer le monde !
Les trois jeunes filles continuèrent en chœur :
– Nous serons les guides de votre retour et vos premières servantes !

Un craquement sinistre résonna dans la cave. Les trois amies sursautèrent :
– Qu'est-ce que c'était ? Un esprit ?
Distinguant le faisceau lumineux d'une torche électrique, elles se cachèrent précipitamment. Entre deux caisses, elles aperçurent une silhouette qui avançait dans leur direction.

– C'est le directeur ! chuchota Zowie. S'il nous trouve ici, nous serons punies !

— Ne bougez pas, les filles, recommanda Isabelle. Il finira bien par partir.

L'homme remonta l'allée et tomba sur le grimoire posé à terre.

— Qu'est-ce que c'est que ça ? Et pourquoi ces signes dessinés sur le sol ? Si je trouve les petites écervelées qui…

Il se pencha pour ramasser le livre mais à la seconde où il l'effleura, un éclair en jaillit et illumina la cave. Le directeur fit un bond en arrière.

— Mon Dieu, qu'est-ce que ça signifie ?

Une lueur verte, tel un nuage de fumée, monta du grimoire, dessinant dans l'obscurité la forme d'un dragon fan-

tomatique. De leur cachette, les trois élèves médusées assistaient au spectacle. Tout à coup, la forme se précisa, prenant les contours d'une énorme créature mi-dragon, mi-ogre et se jeta sur le directeur du collège. Celui-ci hurla. Épouvantées, les trois jeunes filles s'enfuirent à toutes jambes.

Lorsque le calme revint dans la cave, le directeur avait disparu. Quelque chose avait en effet changé au collège...

chapitre 2

Martin et Tonio remontaient le couloir principal de l'université de Torrington.
– J'adore le début du printemps, commenta Martin en remarquant deux jeunes demoiselles en train de discuter devant leurs casiers. C'est le début de la belle saison, les filles ne sont plus cachées sous des doudounes et des pulls. On les découvre enfin !

— Je ne sais pas comment tu fais pour rester aussi cool en période d'examens, déclara Tonio. Moi, je vois des chiffres et des courbes mathématiques partout !

— Moi aussi je vois des courbes, Tonio, mais elles ne sont pas forcément mathématiques !

Une jolie étudiante croisa les deux garçons.

— Salut, Jenny ! lança Martin avec son air charmeur. Je peux t'aider ?

— C'est gentil de le proposer, Martin, mais ça va aller !

— N'hésite pas, si tu veux que je porte tes livres, que j'aille te chercher quelque chose à la cafétéria ou que je sorte avec toi, je suis à ta disposition !

Tonio rougit pendant que Martin se tournait déjà vers une autre de ses camarades.

– Bonjour, Samantha, tu es radieuse aujourd'hui.
– Merci Martin, tu n'es pas mal non plus.
– Que dirais-tu si je te proposais de réviser avec moi ?
– C'est gentil, Martin, mais je suis déjà avec Jason.
– Jason ? Tu veux dire le petit gars sympa qui joue au foot, c'est ça ?
Une imposante silhouette se profila derrière Martin. Un jeune homme qui le dépassait d'une bonne tête, bâti comme un bûcheron, lui posa la main sur l'épaule :
– Ouais, c'est ça, Martin, le p'tit gars qui joue dans l'équipe de l'université. Si ça t'embête pas, Samantha et moi, on va y aller…
– Pas de problème, Jason, allez-y…

Martin ne se démonta pas et s'apprêta à jeter son dévolu sur une autre demoiselle

qui passait. Il allait l'interpeller quand une méchante claque sur le haut de la tête le stoppa net.

— J'y crois pas! s'exclama Diana, très énervée. Tu as des examens à réviser et tu trouves le moyen de passer ton temps à draguer!
— Ma petite sœur, et ce vieux Java, mon pote! Ça, c'est vraiment une bonne surprise!
Diana ne le laissa pas s'en tirer à si bon compte:
— Tu as un contrôle d'histoire demain et je suis certaine que tu n'as rien révisé. Monsieur préfère s'intéresser aux filles…
— Aux filles, tu rigoles! J'avais à peine remarqué qu'il y en avait dans le coin…

— Hypocrite, tu es incapable de te contrôler, c'est plus fort que toi! Il faut que tu leur tournes autour! Tu ne t'en rends même plus compte.
— N'importe quoi, je m'arrête quand je veux.
— On parie?

Martin jaugea sa sœur. Tout le monde était témoin.
— On parie quoi? tenta Martin pour essayer d'échapper à l'inévitable.
— On parie que tu arrêtes de draguer pendant la semaine de révisions, d'accord?
— Remarque, ce n'est pas pour moi que ça va être difficile, mais pour toutes ces filles. Tu n'imagines pas ce qu'elles vont souffrir si je les ignore pendant une semaine entière…
— C'est toi qui vas souffrir si tu loupes tes examens, mon grand!

Un bip familier retentit soudain. Java intervint :
— Mom vouloir nous voir…
Le Centre avait le chic pour convoquer ses trois agents aux plus mauvais moments. Mais cette fois-ci, Martin n'était pas mécontent de bénéficier d'une diversion.

Ils s'engouffrèrent dans le premier passage transdimensionnel venu et atterrirent aussitôt dans la salle. Le rayon laser les analysa de la tête aux pieds et rendit son verdict de sa voix métallique :
— Martin Mystère, accès autorisé, Diana Lombard, accès autorisé, Java des Cavernes, accès autorisé. Bienvenue au Centre.

Un panneau coulissa, découvrant une salle futuriste où s'affairaient de nombreux agents parfois venus de galaxies très lointaines.

Billy fonça sur les trois arrivants à la vitesse de l'éclair. Il était petit, vert et toujours assis sur une minuscule soucoupe volante qui lui permettait de se déplacer à sa convenance.
— Salut, les amis ! lança-t-il en guise d'accueil. Dépêchez-vous, Mom vous attend et elle est d'une humeur de dragon...
Dans l'ascenseur qui les conduisait à l'étage de commandement, Billy fit un petit signe à une magnifique Vénusienne. Martin eut beaucoup de mal à ne pas la dévorer des yeux.
— Martin, fit Billy, je ne sais pas si tu connais Woodaloo, elle est stagiaire ici pour deux siècles, elle vient d'arriver.

— Ah, c'est bien, répondit Martin en s'efforçant d'arborer un air impassible.
— Alors ça veut dire que tu acceptes le pari ? demanda Diana, qui l'observait avec attention.
— Eh bien oui, trancha Martin, et tu vas voir que ce sera facile.
— Java témoin ! Va être dur pour copain Martin de plus cavaler après fifilles…
— Merci de ton aide, Java, grogna Martin avec une mine dépitée.

Dans le bureau de Mom il régnait un silence absolu. La toute-puissante directrice du Centre était penchée sur un mini-laboratoire et manipulait des produits chimiques aux couleurs variées. Elle versa quelques gouttes d'un fluide bleu dans une coupelle et y ajouta un soupçon de liquide jaune. La réaction ne se fit pas attendre : non seulement l'explosion fut

violente, mais la colonne de fumée qui s'éleva se transforma instantanément en monstre menaçant.
– Extincteur, s'il vous plaît ! demanda Mom, imperturbable.

Martin se précipita. Avec le plus grand calme, Mom empoigna l'appareil et le brandit en direction du monstre rugissant qu'elle venait de faire apparaître. Elle lui envoya une vilaine giclée en pleine tête. La créature se tordit de douleur et retomba dans la coupelle.

Mom se tourna vers ses agents :
– Trop puissant, ce mélange, je ne sais pas ce qu'on va pouvoir en faire… Bon, à nous maintenant. Je vous ai demandé de venir car j'ai une mission d'un genre spécial à vous confier. Il se passe des choses inquiétantes dans un collège de Floride,

et le directeur a disparu. Il s'agit d'un établissement pour jeunes filles très réputé.
– Pour jeunes filles! s'exclama Martin, incapable de se contenir.

Devant le regard sombre de sa sœur et de Java, il se reprit:
– Je veux dire: «un collège très réputé»!
– Oui, très réputé, continua Mom. On a découvert là-bas des indices magiques extrêmement suspects. Je veux que vous fassiez la lumière sur cette affaire…
– Comptez sur moi pour interroger toutes les étudiantes une par une! se proposa Martin.

chapitre 3

Lorsque Martin, Diana et Java arrivèrent devant le collège Jefferson, le soleil brillait.

– Hé, c'est pas mal du tout ! commenta Martin.

– Tu dis ça pour l'architecture des bâtiments, ou pour toutes ces jolies demoiselles ?

– Je ne suis pas obligé de répondre à tes insinuations. Tu cherches à me tenter

alors que je n'avais même pas remarqué ces charmantes créatures…

Martin rougit. Java se pencha vers lui :
— Toi être sage sinon toi perdre pari et ton honneur, et plus grave : Diana te déchiqueter.
— Une fois encore, tu es la voix de la raison, Java. Concentrons-nous sur notre mission… et sauvons toutes ces jeunes filles en danger !

En inspectant les lugubres sous-sols du collège, le trio ne fut pas long à remarquer les dessins sur le sol.
— Regardez ça ! s'exclama Martin. Des runes, des signes cabalistiques… Ça sent la magie noire à plein nez.
— Et c'est quoi, ces traces verdâtres ? demanda Diana en se penchant pour les étudier.

Martin toucha la substance du bout des doigts :
— Visqueux, dégueu, ça ne sent plus seulement la magie noire mais le paranormal... Et là, regardez !

Martin se précipita et sortit d'un sombre recoin le vieux grimoire roussi par les flammes.
— Un manuel de sorcellerie, constata-t-il en feuilletant les pages.
— Et ça ? questionna Diana en ramassant quelque chose sur le sol.
Elle étudia l'objet :
— Un pendentif gravé « ZQ ». Voilà un indice intéressant. Ce ne sont pas des initiales courantes... 
— Puis-je vous aider ?

La voix autoritaire venait de derrière eux. Le trio se retourna et découvrit une jeune femme qui s'avançait vers eux.
— Je suis mademoiselle Dorey, la directrice par intérim.

Martin se pencha vers Java et, avec un clin d'œil complice, lui souffla :
— Elle est aussi jolie que ses élèves ! C'est vraiment une mission de rêve !
— Si Java encore entendre ce genre de commentaire, Java tout répéter à Diana et toi te faire détruire. Compris ?
— C'était juste pour voir si tu écoutais bien. Une sorte de test, quoi…

Devant mademoiselle Dorey, Martin n'était pas très à l'aise. Il avait rarement l'occasion de se trouver dans le bureau d'un directeur ou d'une directrice d'école avec rien à se reprocher.

— Je ne crois pas qu'il s'agisse de phénomènes paranormaux, déclara la directrice en secouant la tête. Il y a certainement une explication rationnelle à tout cela.
— Si vous le permettez, je ne suis pas du même avis, rétorqua Martin. Les traces sur le sol, plus la gelée verte, plus ce grimoire, cela indique tout autre chose.

Martin tendit le livre à la directrice et, sans le faire exprès, renversa la carafe d'eau posée sur son bureau. À peine éclaboussée, mademoiselle Dorey bondit de son siège comme un diable.
— Excusez-moi ! s'exclama Martin, je suis désolé.
— Espèce de petit crétin !
La jeune femme se rendit compte aussitôt que sa réaction était démesurée et reprit d'un ton plus doux :
— Je veux dire… Ce n'est pas si grave…

— Si vous êtes d'accord, intervint Diana, j'aimerais m'infiltrer parmi vos étudiantes pour mener l'enquête de l'intérieur.
Retrouvant avec difficulté son air aimable, mademoiselle Dorey se força à sourire et répondit :
— C'est une excellente idée. Allez donc tous les trois à la pêche aux informations…

Lorsque Diana apparut dans l'uniforme de l'école — petite jupe plissée verte, chemisier rose et gilet assorti —, elle était tout simplement ravissante.
— Alors, les garçons, de quoi j'ai l'air ?
Martin aurait préféré mourir plutôt que de faire un compliment à sa sœur.

— D'une grosse salade de fruits, répondit-il en essayant de ne pas laisser paraître son admiration.
Java éclata de rire.
— Bon, grommela Diana, puisque c'est comme ça, je vais mener mon enquête toute seule.

La jeune fille tourna les talons et planta ses deux compagnons sur place.
— Eh bien, Java, mon ami, je crois que nous n'avons plus qu'à nous débrouiller de notre côté. Allons donc faire un tour au gymnase…

Par la porte entrouverte, Martin observait une dizaine de jeunes filles qui jouaient au basket. Elles y mettaient beaucoup d'énergie.
— Regarde-moi toutes ces beautés en plein action, Java !

Le regard noir de son ami le calma instantanément.

– Bien sûr, je parlais de la beauté de leur jeu. S'il te plaît, ne dis rien à Diana…

Java sourit. Sur le terrain, les filles fonçaient comme des bolides et sautaient à des hauteurs vertigineuses, marquant des paniers à des distances incroyables.

– Waouh! C'est la première fois que je vois des filles jouer aussi bien! J'aimerais beaucoup les affronter.

L'une d'elles chargea au milieu de ses adversaires et effectua un tir qui résonna tel un coup de canon. Sous l'impact du ballon, le panneau tangua et se fêla…

– Fin de la partie, les filles! siffla l'arbitre.

Sans même échanger un mot, toutes quittèrent le terrain et passèrent devant Java et Martin comme s'ils étaient invisibles.

– Coucou, mesdemoiselles, félicitations ! hasarda Martin pour attirer leur attention.

Mais rien n'y fit. C'est alors qu'il remarqua le regard de certaines. Une lueur sombre, malsaine. Un regard de monstres de cauchemar, de ceux qu'émettent rarement les jolis yeux des jeunes filles…

chapitre 4

Diana remontait le couloir des chambres, en vérifiant les noms sur les plaques des portes.
– Voyons voir, laquelle des filles a pour initiales « ZQ » ?
Elle s'immobilisa devant une porte : « Zowie Quillin ». Diana frappa. Elle entendit du bruit à l'intérieur, mais personne ne répondit. Elle frappa de nouveau.
– Qui est là ? répondit une voix inquiète.

— Excusez-moi, je suis nouvelle ici, et j'ai trouvé un pendentif qui vous appartient peut-être.

La porte s'entrebâilla légèrement et une jeune fille apparut. Diana lui montra le pendentif. Zowie ouvrit la porte en grand, visiblement heureuse :
— Mon pendentif ! Merci beaucoup, je pensais l'avoir perdu ! J'y tiens beaucoup, c'est ma grand-mère qui me l'a offert. Où l'as-tu trouvé ?
— Je cherchais le réfectoire. Ce collège est un vrai labyrinthe et je me suis retrouvée au sous-sol. C'est là que je l'ai découvert…

D'un air complice, Diana chuchota :
— Je croyais qu'il était interdit de descendre dans cette partie du collège. Qu'est-ce que tu y faisais ?

Zowie jeta un coup d'œil pour vérifier que personne ne les épiait. Une fois rassurée, elle répondit en haussant les épaules :
— Avec deux copines, on était descendues pour essayer de faire de la magie avec un vieux grimoire. Le directeur est arrivé et on s'est cachées. Et puis tout à coup…
— Zowie ! appela une de ses camarades de l'autre bout du couloir.

Zowie se figea sur place. La jeune fille approcha :
— Désolée de vous déranger, mais mademoiselle Dorey souhaite voir Zowie dans son bureau tout de suite.

Zowie hésita et finit par suivre sa camarade.
— Je te raconterai plus tard, glissa-t-elle à Diana.

En pénétrant dans la bibliothèque, Martin sentit tout de suite quelque chose d'anormal.

— Quel contraste avec le reste du collège ! commenta le jeune homme. Tout a l'air d'avoir des siècles dans cette pièce, comme si cet endroit était le plus ancien de tout le bâtiment. Vieux meubles, vieux livres, plafond voûté, et regarde-moi ces gros exemplaires reliés de cuir tout poussiéreux… Java, toi qui es grand, peux-tu attraper ceux qui sont au sommet de ce meuble ?

Toujours heureux de rendre service, le géant se dressa sur la pointe des pieds et tenta d'agripper l'antique volume posé

tout en haut. Java pouvait presque le sentir au bout de ses doigts, il lui manquait quelques centimètres. Il sauta pour y arriver, mais le livre bascula derrière le meuble.

Un temps infini s'écoula avant que le bruit de la chute ne leur parvienne. Martin haussa un sourcil.
– Surprenant, tu ne trouves pas? On dirait que ce gros bouquin n'est pas tombé juste derrière. On a l'impression qu'il a plongé dans une fosse ou un passage secret!
– Java pas aimer passages secrets. Toujours gros problèmes au bout.
– Cette fois, ce serait plutôt au fond… Essayons de déplacer ce meuble.
Martin tira la bibliothèque de toutes ses forces. Elle ne bougea pas d'un millimètre.
– Impossible à déplacer. Trop lourd.

Java tenta sa chance… et réussit sans trop forcer.
– Nous formons une bonne équipe, commenta Martin. La puissance du cerveau et la force des bras…
Le passage ouvert derrière le meuble révélait un escalier qui plongeait dans les entrailles de la terre.
– Escalier tout noir pas bon, décréta Java.
Martin activa la lampe torche de sa montre ultrasophistiquée et lui fit signe de le suivre.
– Tu as certainement raison pour les problèmes qui nous attendent au fond. Mais après tout c'est pour cela qu'on est là !

Les deux amis entamèrent leur descente. Les hautes marches s'enroulaient en spirale autour d'un imposant pilier gravé de motifs magiques. L'escalier n'en finissait pas.

Un bref reflet sur une marche attira l'attention de Martin. Se penchant pour mieux éclairer le sol, il découvrit des traces de bouillie verte comme la marque qu'ils avaient trouvée au sous-sol.

— Plus de doute, déclara-t-il, nous sommes sur la bonne piste.
— Java avoir impression que présence mystérieuse nous observe.
— Tu vas finir par nous faire peur, si tu continues à laisser ton imagination cavaler.

Ils arrivèrent enfin au bas de l'escalier. L'écho de leurs pas résonnait assez loin. Ils se trouvaient à coup sûr dans un endroit très vaste.
— Il va falloir augmenter la puissance de ma lampe, remarqua Martin en manipulant sa montre.

Le faisceau s'élargit et révéla une crypte remplie de toiles d'araignées. Java faillit s'empêtrer dans l'une d'elles et prit peur. Il recula en grognant… et trébucha sur un vieux coffre.

— Belle découverte, agent Java. Voyons ce que contient cette malle.
Martin ouvrit le couvercle grinçant aux ferrures rouillées.
— Un chaudron, des bocaux remplis d'ingrédients dégoûtants, une boule de cristal et, le plus important : un vieux grimoire !

Martin extirpa l'ouvrage recouvert de cuir tout craquelé.
— *Sortilèges et Enchantements pour les maîtres de la magie noire et blanche*, déchiffra-t-il sur la couverture. Voilà le genre de bouquin que j'adore.
— Martin, danger !

Mais Martin, trop absorbé par la lecture du grimoire, ne prêta aucune attention à la remarque de Java.

– « Pour exiler la sorcière noire dans les profondeurs de la terre… »

– Martin, danger maintenant !

– Quoi encore ?

Lorsqu'il releva les yeux, il vit la malle s'élever dans les airs.

– Et depuis quand les malles volent-elles ? demanda-t-il.

– Malle pas voler, Martin, nous être mangés par la terre !

Effectivement, les deux amis étaient en train de s'enfoncer dans le sol, devenu soudain mou et gluant.

– Il est clair que quelqu'un n'apprécie pas notre découverte, mais pas de panique, Java, j'ai le matériel nécessaire pour nous tirer de là.

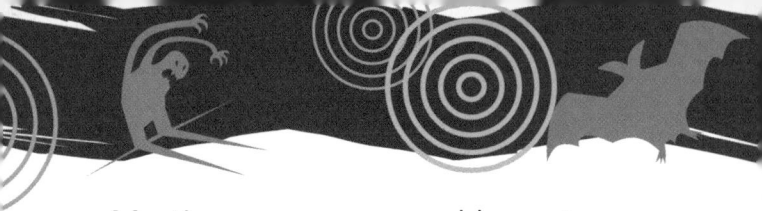

Martin programma rapidement sa montre chrono-scan et visa une poutre qui les surplombait. Il appuya sur la commande et un grappin miniature alla se planter dans le bois.

– Tiens bon, Java, ce n'est pas encore cette fois qu'un sortilège aura notre peau !

Il tendit la main à son ami, et tout en se cramponnant au grimoire, enclencha l'enroulement du grappin. Ils s'élevèrent tous les deux peu à peu, échappant lentement à la masse qui les engloutissait. Mais soudain, crac ! La poutre céda et ils retombèrent dans le magma, bombardés par une pluie de débris.

– Bois pourri, nous fichus ! s'exclama Java, presque entièrement absorbé par la boue visqueuse.

– Ne jamais renoncer, Java, c'est le secret !

Martin sélectionna un nouveau gadget sur son chrono-scan et l'activa : une barre holographique se dessina dans l'espace, puis se matérialisa.
— Il ne reste plus qu'à bloquer cette perche entre l'escalier et le mur. Nous pourrons alors nous y suspendre pour rejoindre la terre ferme.
Java avait déjà la tête presque submergée :
— *Gloub gloub !*
— Accroche-toi, mon ami. Il est temps pour nous d'échapper aux pièges de cette crypte maudite !
Coinçant le grimoire entre ses genoux, Martin agrippa la perche et, à la force des bras, s'extirpa du piège. Java l'imita.
Martin était presque tiré d'affaire quand tout à coup le livre glissa et tomba dans la marée molle juste en dessous d'eux.

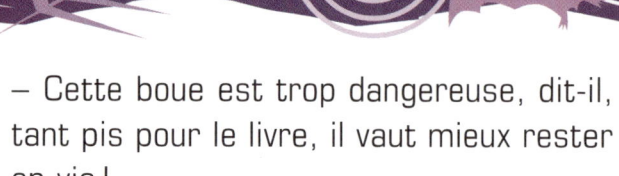

— Cette boue est trop dangereuse, dit-il, tant pis pour le livre, il vaut mieux rester en vie !

Déplaçant une main après l'autre le long de la perche, les deux équipiers regagnèrent lentement l'escalier, et quittèrent l'étrange crypte qui ne leur avait pas livré tous ses secrets…

chapitre 5

En arrivant devant la porte entrebâillée du bureau de mademoiselle Dorey, Zowie n'était pas vraiment rassurée. Elle redoutait d'être punie pour son escapade nocturne dans les sous-sols.

– Mademoiselle Dorey ?

– Entre, mon enfant, ne crains rien…

La pièce était plongée dans l'obscurité. Lorsque Zowie y pénétra, elle repéra trois silhouettes à peine visibles. Il lui sembla

que leurs yeux étaient lumineux. Effrayée, la jeune fille décida de faire demi-tour :
– Je repasserai plus tard.

Elle était sur le point de s'enfuir lorsqu'une des silhouettes tendit le bras, et la porte se ferma comme par enchantement. Zowie était piégée dans le bureau !

Les trois formes avancèrent vers elle.
– Qu'est-ce que vous voulez ?

Zowie recula et se trouva plaquée contre le mur. Lorsque ses mystérieuses assaillantes passèrent dans un rayon de lumière, elle les reconnut enfin. Autour de mademoiselle Dorey se tenaient ses complices de magie noire ! Leur visage était méconnaissable : elles avaient la peau verdâtre, les yeux jaunes et des verrues partout.

— Pourquoi cherches-tu à t'enfuir, Zowie ? Nous sommes tes amies.
— Tu ferais bien d'être plus gentille, parce que tu vas rester avec nous pour très longtemps !
Les trois créatures éclatèrent d'un rire diabolique.
— Vous êtes des monstres ! s'écria Zowie.
— Tout est une question de point de vue, lui répondit mademoiselle Dorey avec un sourire qui révéla ses dents pourries.

Zowie se recroquevilla sur elle-même. La directrice lui souffla un nuage de fumée luminescente au visage. Zowie toussa un peu, puis cessa soudain d'avoir peur. Elle se redressa doucement et finit même par sourire, alors que son visage devenait vert et que sa peau se couvrait de pustules… Elle n'avait plus à avoir peur : elle était devenue l'une des leurs.

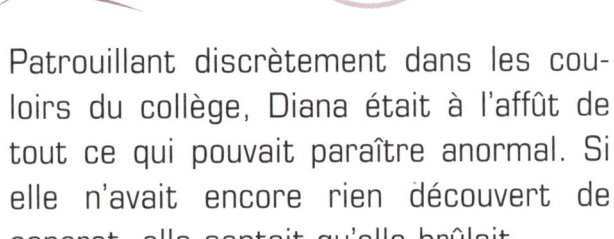

Patrouillant discrètement dans les couloirs du collège, Diana était à l'affût de tout ce qui pouvait paraître anormal. Si elle n'avait encore rien découvert de concret, elle sentait qu'elle brûlait.

Arrivée à un angle du couloir, elle se trouva subitement nez à nez avec deux étudiantes qui marchaient d'un pas très décidé. Les deux jeunes filles fonçaient tellement qu'elles bousculèrent Diana et firent tomber ses livres.

— Regardez un peu où vous allez ! protesta Diana en ramassant ses affaires.
Mais les deux filles ne ralentirent même pas. En se relevant, Diana remarqua Zowie qui passait à l'autre extrémité du couloir.
— Salut, Zowie ! Comment ça s'est passé avec mademoiselle Dorey ?
Zowie la regarda à peine. Elle semblait ailleurs.
— Qu'y a-t-il ? insista Diana. Tu n'as pas l'air bien, tu es toute pâle…
Zowie lui jeta un regard noir, mais Diana ne renonça pas.
— J'aimerais bien entendre la suite de ton histoire à propos de ce qui s'est passé dans la cave, tu sais…
— Pas le temps !

Le ton était agressif et Diana remarqua les dents jaunies et curieusement

pointues de Zowie. Bizarre, elle n'avait pas noté ce détail quand elle l'avait vue dans sa chambre…

Une voix jaillit soudain des haut-parleurs :
— Votre attention, s'il vous plaît. C'est mademoiselle Dorey qui vous parle. Toutes les étudiantes sont priées de se rendre immédiatement à l'auditorium pour une assemblée générale. Présence obligatoire.
Comme un robot, Zowie prit aussitôt le chemin de l'auditorium.
— Ça c'est de l'obéissance ! commenta Diana, étonnée.
— Eh bien, petite sœur, la pêche a été bonne ?
Diana sursauta en entendant la voix de son frère derrière elle.
— Pour une fois, je suis heureuse de te voir !

– Alors, qu'as-tu appris ?
– Il se passe des choses très étranges dans ce collège. Les étudiantes se comportent bizarrement. Certaines ont un drôle d'air. On dirait de vraies…
– … sorcières ?
– Exactement. Et vous, qu'avez-vous trouvé ?

– On a découvert une crypte sous la bibliothèque et, vu ce qu'elle contient, tout laisse penser qu'une sorcière rôde pour de bon dans les parages et qu'elle n'est pas décidée à nous simplifier la vie. On a failli se faire engloutir par une boue protoplasmique !

— Hum, fit Diana, ta théorie de magie noire et de sortilège n'est peut-être pas si stupide que ça...

En voyant trois autres étudiantes se diriger vers l'auditorium comme des zombies, Diana proposa :
— Je devrais peut-être aller faire un tour à cette assemblée. Il y a sûrement des trucs à apprendre.
— Tu as raison, vas-y. Avec Java, on te surveillera discrètement du balcon au cas où tu aurais besoin d'aide.

Dans la grande salle du collège, les rangs étaient bondés. Sur la scène, mademoiselle Dorey, debout derrière un pupitre, attendait que les dernières élèves s'installent. Diana s'était glissée au milieu d'elles.
— Mesdemoiselles, puisque tout le monde est là, nous allons pouvoir com-

mencer. Aujourd'hui est un grand jour. Jusqu'à présent, vous me connaissiez sous le nom de mademoiselle Dorey, votre directrice par intérim. Mais dorénavant vous pourrez m'appeler par mon vrai nom…

Elle leva les bras au ciel en fermant les yeux. Aussitôt, l'obscurité se fit dans la salle. Seule une lueur mystérieuse l'enveloppait.
– Je suis Prindella Griswalda d'Orey, sorcière du sixième enfer.

Un murmure effrayé parcourut l'assemblée. Sous les yeux de l'assistance médusée, mademoiselle Dorey se métamorphosa complètement. Sa peau devint verdâtre, son nez s'allongea, ses cheveux et ses ongles poussèrent à toute vitesse, et sa voix se fit rauque, bestiale, terrifiante.

Devant l'horrible changement, les étudiantes s'affolèrent et tentèrent de s'enfuir, mais les trois jeunes adeptes de la magie noire s'interposèrent et les bloquèrent. Elles aussi apparaissaient enfin sous leur véritable jour.

— Asseyez-vous! tonna la sorcière. Vous ne pourrez pas sortir d'ici avant que j'en aie fini! Il y a bien longtemps, je fus emprisonnée dans les sous-sols de ces bâtiments qui n'étaient pas encore un collège. Mais aujourd'hui je suis enfin libre! Grâce à l'intervention de trois d'entre vous, je suis de retour, et je suis décidée à reprendre la place qui me revient de

droit à la tête de cette nouvelle assemblée de sorcières...

D'un geste théâtral, elle désigna les étudiantes.
— Vous allez toutes devenir mes disciples, et je vais enfin régner sur le monde !

La salle fut prise de panique. Les étudiantes coururent vers les sorties en hurlant, mais les portes se fermèrent brutalement.
— Nous sommes piégées !
— Au secours ! À l'aide !

Mademoiselle Dorey éclata d'un rire sinistre. Elle prit une longue inspiration et commença à souffler un nuage verdâtre vers son auditoire. À peine touchées par les effluves maléfiques, les étudiantes se métamorphosaient déjà en sorcières…

Cachés sur le balcon, Martin et Java n'avaient rien manqué du spectacle.
— Ça alors ! lâcha Martin. Et moi qui trouvais que le directeur de Torrington avait l'air louche !

Peu à peu, l'auditorium lui-même se transformait. La vaste pièce se mit à vibrer, à se gondoler, et ce qui était une salle de spectacle ultramoderne devint peu à peu une forteresse médiévale. Les portes se couvrirent de ferrures rouillées, les murs se fendillèrent et laissèrent apparaître des pierres taillées. La moquette s'effaça, découvrant un dallage ancien, et les meubles s'évanouirent comme par enchantement. Diana était l'une des dernières à échapper au souffle

diabolique. Partout dans la salle, les sorcières faisaient la chasse à celles qui ne l'étaient pas encore.
— Java, mon ami, il est temps pour nous d'intervenir !

Martin s'empara d'une des chaînes qui pendaient au lustre moyenâgeux de la salle, et s'élança.
Mademoiselle Dorey était sur le point de rattraper Diana. Elle était bien décidée à s'en occuper personnellement.
— Et toi, ma jolie, je te réserve un sort particulier.

Au moment où la sorcière soufflait, Martin débarqua comme une fusée et enleva sa sœur dans les airs.
— Hé, la vieille ! lança-t-il, trouve un peigne et lave-toi les dents, tu pues !
— Je ne suis pas certaine que cette remarque toute en finesse contribue à la calmer, soupira Diana, agrippée à son frère.
— Java, défonce-nous une de ces portes et filons d'ici !
— Pas problème, Martin !

Le géant se jeta de tout son poids contre une des portes en bois et l'éventra d'un seul élan. À coups de pied, il ouvrit un passage où s'engouffrèrent Martin et sa sœur.

Mademoiselle Dorey était folle de rage.
– Capturez-les, c'est un ordre ! Ne leur laissez aucune chance !

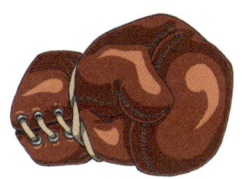

chapitre 6

Martin, Diana et Java couraient aussi vite qu'ils le pouvaient dans les couloirs. Le collège avait désormais des allures sinistres. Même l'éclairage vacillait. Au loin, les hurlements des jeunes filles transformées en sorcières résonnaient, lugubres.
– Je crois qu'on les a semées, déclara Martin.

— Reste à savoir pour combien de temps, rétorqua Diana, essoufflée.

Tout à coup, face à eux, mademoiselle Dorey surgit d'un mur qu'elle avait traversé de part en part.
— Cool, commenta Martin. Comment avez-vous réussi ce truc ? Si vous m'apprenez, je vous montrerai comment préparer les meilleurs tapas du monde.

Déchaînée, l'horrible mademoiselle Dorey pointa vers lui un doigt couvert de verrues.
— Si vous comptez détaler comme des souris, je peux aussi bien vous changer en rats... comme je l'ai fait pour ce stupide directeur !

Pour prouver ce qu'elle disait, elle sortit un rat de sa poche. Il avait l'air tout affolé avec ses grandes moustaches.
— Si ça ne vous fait rien, on préfère rester humains, rétorqua Martin.

— Ce n'est pas à vous d'en décider, pauvres mortels !

La sorcière était sur le point d'envoyer un sortilège sur Martin… Diana bondit sur le côté, attrapa la lance à incendie accrochée au mur et la pointa sur elle. Le jet s'élança avec une incroyable puissance. Mademoiselle Dorey hurla. Elle fut fauchée par l'eau, trempée de la tête aux pieds et propulsée contre une porte vitrée. Diana s'avança pour la viser encore mieux, mais la sorcière disparut avec un cri de rage dans une explosion de lumière.

Martin s'empressa de ramasser le malheureux rat-directeur qui gisait par terre.
— Mon pauvre Ratounet, tu as dû avoir peur… Mais qu'est-ce qui m'arrive, de parler comme ça à un directeur de collège ? Je vais me faire renvoyer !

Puis, tenant le rat respectueusement à bout de bras, il reprit :
— Excusez-moi, monsieur le directeur, je ne voulais pas être familier…

Martin se tourna vers Diana :
— Bien joué, sœurette, mais comment savais-tu que l'eau lui ferait cet effet ?
— Tu ne te souviens pas de sa réaction lorsque tu as renversé la carafe sur elle ?

Réfugiés dans le bureau du directeur, les trois amis tentaient de faire le point.

– Il faut renvoyer cette Prindella Griswalda Truc d'où elle vient, déclara Martin.
– Plus facile à dire qu'à faire…
– Il me vient une idée, je crois que j'ai lu quelque chose dans le livre des sortilèges !
– Celui avec lequel les filles ont joué ?
– Non, celui que nous avons découvert dans la crypte souterraine avec Java…
– Java pas vouloir retourner dans crypte maudite !

— Il va bien falloir, mon vieux, parce que c'est notre seule chance de nous débarrasser de cette femme diabolique qui ferait bien d'aller chez l'esthéticienne !

— Comment nous éviter centaines de sorcières qui rôdent dans école ? demanda Java en espérant échapper au cauchemar.

— Je dois pouvoir m'occuper de ça, intervint Diana. Je vais faire diversion.

— Bonne idée, sœurette, mais si elles t'attrapent et font de toi une sorcière ?

— Alors, c'est moi qui te pourchasserai pour te changer en rat !

Diana éclata de rire et se dirigea vers la porte.

Plantée au milieu du couloir, elle plaça ses mains en porte-voix :
— Coucou, les filles, essayez de m'attraper si vous êtes de vraies sorcières !
Puis, pour elle-même, elle ajouta : « Je crois que je vais regretter d'avoir dit ça… »

Le grondement d'une cavalcade ne tarda pas à se faire entendre. Le sol tremblait sous la course des sorcières déchaînées. Diana les vit déboucher du fond du couloir. Elles fonçaient toutes vers elle, horribles, doigts crochus et vêtements moisis…
— C'est le moment de déguerpir !

Diana prit ses jambes à son cou et s'élança dans le dédale des couloirs. Une fois la horde passée, Java entrouvrit la porte du bureau du directeur.

— Sorcières parties, voie libre.
— Ne perdons pas une seconde, Java. À la crypte !

L'escalier était toujours aussi sombre et Java tremblait deux fois plus que la première fois. À présent, il savait ce qui l'attendait en bas.
— Java aurait dû rester avec directeur, Java bien aimer rats…

— J'ai besoin de toi, mon grand. Si ce maudit grimoire est encore dans la boue protoplasmique, il va falloir l'extraire.

Quand ils arrivèrent en bas, ils virent avec effroi que le niveau du magma était encore monté ; il formait maintenant des vagues déchaînées.
— Regarde, Java, le grimoire est là-bas ! Il flotte !

– Piège, ça être piège! Horrible sorcière vouloir nous renvoyer dans bouillie qui pue et étouffe.
– Tu as probablement raison, mais j'ai plus d'un tour dans mon chrono-scan!

Martin activa sa montre et programma l'apparition d'un nouveau gadget :
– Pince multidirectionnelle télécommandée! Je n'ai pas eu beaucoup l'occasion de m'en servir, mais c'est le moment ou jamais de me rattraper.

Le bras se déploya au-dessus du magma. Martin le commandait avec une excellente maîtrise. La pince métallique saisit le grimoire.
– Belle prise!
Martin ramena le volume vers le bord de l'escalier.
– À toi de jouer, Java, ramasse-le!

D'un air dégoûté, Java se pencha pour saisir le vieux livre tout dégoulinant de magma. Une énorme vague essaya de s'emparer de lui, mais il esquiva.

– Magma méchant ! Tiens, Martin, voilà grimoire.

– Essayons de trouver les formules qui pourraient nous débarrasser de cette vieille sorcière…

– Nous remonter vite avant que magma nous attrape chaussures !

– Tu as raison.

En gravissant les marches, Martin feuilletait les pages racornies par les siècles.

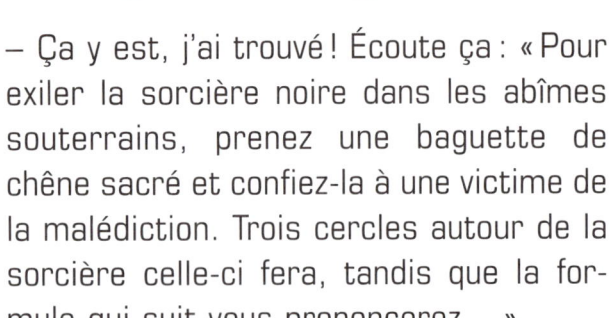

— Ça y est, j'ai trouvé ! Écoute ça : « Pour exiler la sorcière noire dans les abîmes souterrains, prenez une baguette de chêne sacré et confiez-la à une victime de la malédiction. Trois cercles autour de la sorcière celle-ci fera, tandis que la formule qui suit vous prononcerez... »
— Où nous trouver victime malédiction ?
— J'ai ma petite idée, Java. Viens !

Diana avait eu beau courir et se battre comme une lionne, cette fois, elle était prise au piège. Harcelée, elle avait fini par revenir dans l'auditorium. La horde de sorcières qui la poursuivait s'engouffrait dans l'unique entrée. Désespérée, Diana cherchait une autre issue, mais derrière les rideaux elle ne trouvait que des murs, et les vieilles portes étaient bien trop solides pour elle.

Zowie s'approcha avec un sourire effrayant :
— Il est temps pour toi de rejoindre nos rangs.
— Je suis certaine que c'est très sympa et que vous économisez une fortune en produits de beauté, mais je préfère rester humaine.
Zowie montra les dents.
— Laisse-la, Zowie, elle est à moi !

Mademoiselle Dorey apparut.
— Tu nous as donné beaucoup de fil à retordre, admit-elle de son horrible voix rauque, mais cette fois tu ne nous échapperas pas !

Les jeunes sorcières entourèrent Diana, et mademoiselle Dorey lui souffla son horrible nuage sur le visage. Diana se raidit

d'un seul coup. Sa peau devint plus sombre et son regard plus trouble. Comme les autres, elle se transformait en sorcière...

Mademoiselle Dorey contempla la métamorphose avec satisfaction.

— Cette fois, nous sommes au complet, déclara-t-elle. Plus rien ne peut nous arrêter.

— C'est vraiment ce que tu crois ? lança Martin, qui venait de surgir dans la salle.

Les sorcières se tournèrent vers lui d'un seul mouvement. Un rugissement de colère s'éleva.

— Oh, regarde, Java : notre petite Diana est devenue elle aussi l'une de ces monstrueuses créatures. Je me demande si je ne la trouve pas plus jolie comme ça…
— Java pas aimer ce qui va arriver.

Martin sortit le rat-directeur de sa poche et lui murmura à l'oreille :
— Alors, vous avez bien compris, nous on les distrait et vous, vous faites trois tours autour d'elle. Si vous loupez votre coup, on est fichus…
Le rat hocha vigoureusement la tête, ses moustaches frémirent.
« Non, mais qu'est-ce qui m'arrive ? se dit Martin. Je suis en train de discuter avec

un rat et je donne des ordres à un directeur. Il y a de quoi devenir dingue ! »
– Martin, sorcières arriver !

Et elles arrivaient même plutôt vite. Diana en tête, toutes se précipitaient pour les attaquer. Martin déposa le directeur sur le sol. Celui-ci se mit aussitôt à se faufiler en tenant un minuscule bout de bois entre ses dents.
– Java, à nous de jouer !
Les deux amis se séparèrent pour essayer de contrer l'attaque. Java bondissait dans tous les sens afin d'échapper aux ongles crochus des furies qui le pourchassaient.
– Aïe, ouille, Java avoir grosse trouille !
Mademoiselle Dorey jaugeait Martin comme un fauve à l'affût de sa proie.
– Tu me poses beaucoup trop de problèmes, Martin Mystère. Ta sœur et moi, on va te régler ton compte.

— Dis donc, Prindella Griswalda je-sais-plus-quoi, tu crois pas que tu en fais un peu trop ? Depuis seize ans ma sœur essaie de m'avoir et elle n'a jamais réussi. Tu crois qu'avec ta tête de pizza moisie tu vas y changer quelque chose ?

Folle de rage, la sorcière déclencha l'assaut. Martin plongea pour éviter la charge et roula sur le côté.

Du coin de l'œil, il surveillait le rat-directeur, qui cavalait comme un fou pour tenter de tourner autour de la sorcière.
— Eh oui, je sais, lui lança Martin, elle se déplace tout le temps et ce n'est pas facile, mais courage, petit rat... Enfin, je veux dire monsieur le directeur !
Mademoiselle Dorey dirigea vers Martin ses ongles menaçants comme des canons.
— Tu vas périr sous ma malédiction !

Le rat profita de cette occasion pour faire un premier tour, puis un deuxième, autour de la sorcière. Au moment où il s'élançait pour le troisième et dernier, Martin déclara :

– Au fait, sorcière Prindella machin-bidule, j'ai oublié de te dire un truc : « Par trois fois dans les cercles magiques, je te bannis aux enfers des sorcières maléfiques. Rejoins le monde des ombres et que les entrailles de la terre soient ta tombe ! »

Surprise, la sorcière laissa échapper un grognement de douleur. Son ultime tour accompli, le rat vint se réfugier derrière Martin. Sous leurs yeux, mademoiselle Dorey passa par une série de couleurs hideuses. Ses compagnes s'effondrèrent et se mirent à ramper sur le sol, agitées de convulsions.

— Eh ben, les filles, on dirait que ça va pas fort, ironisa Martin. Vous avez mangé des yaourts périmés ?
Java n'avait plus besoin de courir. Ses poursuivantes se contorsionnaient à terre, en proie à un mal déchirant.

Mademoiselle Dorey, qui avait à présent des difficultés à bouger, leva pourtant un doigt vengeur et menaça Martin :
— Je reviendrai et je m'occuperai de toi !
— Si tu savais le nombre de monstres hideux qui m'ont fait ce genre de promesse ! Essayez de ne pas tous rappliquer le même jour, sinon je ne pourrai pas m'occuper de tout le monde. Enfin je te rassure, avec ta tête, tu es quand même l'une des plus moches !

Mademoiselle Dorey roula sur elle-même. Un grondement monta du sol et une faille

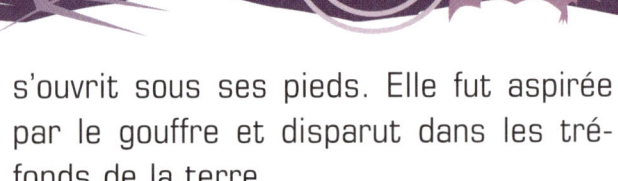

s'ouvrit sous ses pieds. Elle fut aspirée par le gouffre et disparut dans les tréfonds de la terre.
– Nooooon !

Sa voix résonna longtemps…

La sorcière vaincue, les étudiantes reprenaient peu à peu leur apparence normale, et la salle retrouvait son style ultramoderne. En quelques minutes, tout était redevenu comme avant.
– On a réussi, Java ! Nous sommes délivrés du maléfice !

Diana était allongée sur le sol, très affaiblie. Martin se précipita auprès d'elle.
– Alors, petite sœur, comment te sens-tu ?
– Aïe, ma tête… Je n'ai aucun souvenir de ce qui s'est passé. Qu'est-ce qui m'est arrivé ?
– Eh bien, tu as été très méchante avec moi, tu m'as déchiqueté et tu m'as menacé. Pour te faire pardonner, il faudra que tu prépares mes repas pendant un mois…

— Tu ne portes aucune trace de blessure… Tu mens !

— Tu étais toute verte, avec une tête pas possible, demande à Java !

Martin s'interrompit en sentant que quelqu'un lui tapait sur l'épaule.

— Diana, ne me dis pas que cette sorcière est derrière moi !

— Non, répondit une voix grave. Je suis le directeur, et je voulais te féliciter pour ton courage.

Martin fit volte-face :

— Vous, un directeur de collège, vous me félicitez ?

— Bien sûr, tu as sauvé la vie de toutes ces jeunes filles, et la mienne !

— Génial, c'est un moment historique, je crois que je vais pleurer d'émotion !

Le directeur eut un sourire amusé. Martin se tourna vers Diana.

– Et ce n'est pas tout. En plus, j'ai gagné mon pari ! Je n'ai même pas regardé les filles !
– Tu triches, protesta Diana, il aura fallu toute une bande de sorcières pour que tu te tiennes tranquille quelques heures !
– Un pari est un pari, ma vieille… Oh non, quelle horreur ! Je crois que tu as encore une verrue sur le nez !
– C'est vrai ? s'écria Diana, épouvantée.
– Non, mais c'est trop bon de te faire marcher…

Dans la même collection

Tome 5 à paraître en avril 2007

Achevé d'imprimer en France
en janvier 2007
par Pollina, 85400 Luçon
n° L41682-B

Dépôt légal : janvier 2007